W0413772

L'enfant né du chaos

Mon histoire est celle d'un enfant des rues, né au Pakistan dans la ville de Rawalpindi dans la région du Pendjab. C'est aujourd'hui la troisième ville du pays. Quand je suis né dans les années 50 – je ne connais pas la date exacte de ma naissance, on ne déclarait pas les enfants en ce temps – c'était la capitale du pays, déplacée depuis à Islamabad. Elle avait été une ville de garnison pour l'armée britannique. Au Pakistan, l'armée gouvernait.

Toute ma vie, je l'ai passé dehors. Parce que chez moi, c'était très petit, deux pièces plus une cuisine et une petite salle d'eau, des pièces sombres dans une maison en briques, à partager entre 11 personnes. Pour pouvoir voir le soleil, il fallait sortir. Comme si nous vivions dans une grotte.

Mon quartier s'adossait à une très longue et large avenue, Muree Road. Toutes sortes de petites échoppes donnaient sur la rue : restaurants, café-bars, marchands de Nans, de légumes, de fruits, tailleurs, barbiers... Entre ces perpendiculaires et donc parallèles à Muree Road, des rues plus étroites. C'est là que ma famille habitait. À une extrémité de Muree Road coulait le fleuve Nala Lai, où les hommes lavaient le linge mais qui servait aussi d'égout. A l'autre extrémité, vers chez moi, il y avait d'un côté la forêt – où je garderai les buffles – et de l'autre la rivière. Au-delà, Muree Road menait vers l'Himalaya.

Ma mère avait donné naissance à de nombreux enfants, certains morts en bas âge mais neuf vivants. J'étais l'aîné et me devais de veiller sur eux.

« Quand tu es né, tu n'avais pas la force de sucer le sein » me disait ma mère. « Je trempai un morceau de coton dans du lait de vache pour te nourrir... »

Des enfants survivent grâce à leur mère, je ne l'oublie pas, la mère est très importante.

Lorsqu'un enfant de notre famille mourrait, c'est moi qui le tenais dans mes bras pour l'emmener au cimetière. Un muezzin venait faire la toilette, l'enveloppait dans un tissu blanc. Il prononçait une prière sur la tombe.

Au début c'était très dur pour moi mais même à ces morts, je me suis habitué. Les malheurs s'enlèvent avec le temps. Avec d'autres soucis, on oublie le malheur d'hier.

Nous étions des miraculés, vu les conditions d'hygiène dans lesquels nous vivions. Les enfants de France ne pourraient pas vivre dans de telles conditions. Nous étions pour ainsi dire immunisés. On se baignait dans des retenues d'eau insalubres, où les gens faisaient leurs besoins. Chaque maison avait son puits, mais même l'eau du puits pouvait être sale, infestée de rats. Et on buvait de cette eau. Aujourd'hui au Pakistan, les conditions d'hygiène ont beaucoup évolué.

Il n'y avait qu'un seul médicament que ma mère pouvait acheter pour soigner les grosses fièvres qui nous prenaient : du paracétamol.

À la maison, mais surtout dehors…

Je la revois malaxant les galettes de farine et de sel qu'elle faisait ensuite sauter dans une poêle, les Chapati. On y ajoutait des épices, de la purée de piment, des pommes de terre, des lentilles, des radis.

Tout petit déjà je passais mes journées dans les ruelles boueuses à jouer avec les enfants du quartier. Avec une roue de vélo qu'on poussait avec un bâton, on pouvait jouer des heures à faire la course. Certains avaient des billes de toutes les couleurs, des toupies achetées au bazar – un simple morceau de bois sur lequel on ancrait un clou pour la faire pivoter – ou un « Gulidnda », morceau de bois râpé de chaque côté qu'on lançait en l'air. On faisait des parties de cricket où les « wickets » étaient remplacés par des briques… À cet âge-là, on est inconscient du monde qui vous entoure. Mais j'étais déjà très sentimental, très sensible, un peu écorché vif et n'aimais pas voir les copains partir, pour une raison ou une autre, un père muté, un retour vers la terre natale…

Un peu plus grand, j'aimais aller regarder les trains à la gare… Je me demandais : « Pourquoi partent-ils ? Où ? Et moi, je vais rester. Peut-être que plus loin, la vie est belle… »

Quand j'ai eu l'âge de gagner de l'argent, vers 10-12 ans, mon père m'a fait engager par Mohammed Akram comme gardien de buffles. J'avais terriblement peur de ces bêtes. Un jour, j'ai eu la frayeur de ma vie lorsque le fleuve a débordé de son lit.

La perte d'un ami

Ces bêtes sont ma hantise. Elles me terrifient car elles pèsent des centaines de kilos et, du haut de mes dix ans, je dois les emmener paître à deux kilomètres de la ville, dans un pré qui longe une rivière. Je ne suis armé que d'un bâton et j'ai bien du mal à me faire obéir. Si je leur tape dessus pour les faire avancer plus vite, elles s'affolent et deviennent dangereuses. Parfois, j'essaie de dominer ma peur en leur parlant :

– Eh ! Tu prends du bon temps, tu pars où tu veux, tu t'amuses ! Mais, moi, je vais me faire battre. Allez, sois sympa, obéis-moi, buffle, sois sage. Je suis déjà si malheureux.

Quand il m'arrive d'être coincé entre deux bêtes, je suis paralysé par la peur. J'appelle à l'aide, plus pour me rassurer que pour avoir du secours. Je sais que je suis seul et que personne ne m'entendra. L'expérience m'a aussi appris que les buffles sont peureux et s'écartent d'eux-mêmes au moindre cri. Mais comment éviter l'effroi qui me saisit dans ces moments-là ?

On est en plein mois de juillet et la moiteur de l'air est écrasante. C'est la mousson. Une pluie torrentielle tombe depuis ce matin, inondant les rues de Rawalpindi. Les ordures et les bouses des animaux exhalent leurs odeurs âcres. Mes vêtements sont trempés et me collent à la peau. Mes sandalettes en caoutchouc glissent dans la boue gluante et s'enfoncent de plus en plus à mesure que je m'avance dans la campagne. Les buffles dérapent et tombent, les pattes écartées. J'accours, les attrape par la queue et les frappe à l'aide de mon bâton dérisoire pour les obliger à se relever. Je suis épuisé.

Pourvu que la pluie cesse ! Je surveille avec inquiétude le niveau du fleuve. Si ça continue, il va gonfler et sortir de son lit. La crue, c'est ce que je redoute le plus.

J'en connais les effets dévastateurs. Elle arrache tout sur son passage, arbustes, arbres et pontons, et rend les rives plus friables encore. Chez nous, on dit que les crues sont pour les malheureux. Dans les campagnes, les maisons en pisé s'effondrent, les troupeaux périssent dans les flots, les cultures sont irrémédiablement perdues et les routes deviennent impraticables.

Il est dit qu'aujourd'hui rien ne me sera épargné. Comme je le craignais, le fleuve quitte son lit. Un buffle s'écarte alors du chemin et s'approche de la rive. Je m'arc-boute, le tire désespérément par la queue, mais je dérape. Tout d'un coup, je ne sens plus la terre ferme, je suis pris dans les remous du fleuve déchaîné. Je ne sais pas nager, je crie, je me vois mourir. Je perds pied et bois plusieurs fois la tasse. Je cherche vainement ma respiration, je me débats, quand je sens sous mes doigts une branche d'arbre. Je m'en saisis avec l'énergie du désespoir, m'y accroche et me hisse hors de l'eau. J'ai vraiment cru que ma dernière heure était arrivée. Je me traîne fébrilement sur le rivage, m'allonge et ferme les yeux pour reprendre mon souffle. Mal m'en a pris ! Je suis en train de me relever quand je vois un autre buffle s'approcher de la rive. Avant même que j'aie pu esquisser un geste, le fleuve l'emporte comme il l'aurait fait d'une fleur. Impuissant, je vois sa tête surnager au-dessus de la surface de l'eau, et s'enfoncer. J'aperçois encore le bout de son museau, puis plus rien. Il disparaît dans les remous. Je suis saisi d'effroi et triste pour mon ami le buffle.

Quand je serai grand j'aurai déjà fait tous les métiers

J'ai vendu du maïs ; ciré les chaussures ; servi de l'essence dans des stations service ; trié dans les bazars les pommes de terre ou les mangues, qui ont des tâches noires... On me payait en nature, je pouvais manger ces mangues au goût savoureux.

Je savais déjà qu'il y a de multiples façons de devenir riche. En travaillant dur et en se serrant la ceinture ou en profitant, en exploitant les autres. Une leçon de la vie que j'ai apprise très tôt. La vie dans la rue m'a tout appris. La façon dont se comportent les hommes, honnêtes, fourbes, amicaux, vicieux...

J'ai été mécanicien. Avec certains patrons, j'ai beaucoup appris ; d'autres ont essayé d'abuser de moi. Je ne me suis jamais laissé faire. Dans ces moments-là, je m'enfuyais. Parfois j'allais me réfugier dans un cimetière catholique, où les tombes étaient en marbre, donc très propres. Je m'allongeais entre deux tombes, regardais le ciel lumineux pendant des heures pour me reposer. Je mangeais les galettes un peu sèches que ma mère me donnait en cachette et que je gardais précieusement.

Ma famille, mes origines

Ma mère s'inquiétait de ne pas me voir rentrer ; mon père était trop occupé pour se soucier de moi, en tout cas il ne me l'a jamais dit.

Mes parents ne communiquaient pas beaucoup avec nous. Et mon père était très sévère envers moi, brutal parfois. Ma mère était certainement soulagée de me savoir loin de lui. Je vivais dans une famille en crise, une famille perdue.

Mon père non plus n'avait pas eu la vie facile, petit. Il est né dans le nord de l'Inde, à Sialatpur. Il avait une sœur et un frère. Orphelin de père assez jeune, il a été élevé par son frère et sa belle-sœur, de durs paysans.

Mon père n'est pas allé à l'école. Il a connu ma mère en Inde, ils devaient avoir tous les deux une quinzaine d'années. On a plus ou moins arrangé leur mariage. Sans doute a-t-il apporté en dot quelques costumes traditionnels, quelques vêtements, quelques tissus, un peu de vaisselle. Il n'était pas riche et ne pouvait offrir une radio, une télévision et pourquoi pas une voiture comme le font ceux qui en ont les moyens.

Je savais que mon père travaillait dur et j'ai été le témoin des petites humiliations que l'on fait aux gens pauvres. Ainsi, mon père, alors qu'il déchargeait une charrette pleine de grosses marmites s'est fait malmener par un homme qui gardait une voiture, « Attention, faut pas toucher à la voiture... » Comme si la voiture avait plus d'importance que le travail de mon père ! De rage, j'ai donné des coups de pieds dans des pots de fleurs à proximité.

Ma mère est venue vivre à Rawalpindi chez sa sœur, marié à un ancien cavalier de l'armée britannique. Mon père, avec sa mère, l'y a rejoint.

Nous étions pauvres et ma grand-mère maternelle était triste de savoir dans quelles conditions vivaient sa fille et sa famille. Sans confort : une toute petite maison, peu de vêtements, pas de quoi manger correctement, pas les moyens d'envoyer les enfants à l'école.

Quand j'étais à la maison, je mangeais toujours la même soupe épaisse dans laquelle avaient cuit des lentilles, des pommes de terre et des oignons. Dans la rue, je me nourrissais de graine de sésame, de petits bonbons, de cacahuètes...

Quand il y avait de grandes fêtes comme un mariage chez des gens riches, j'allais avec mon père faire la plonge... En échange, on nous donnait un peu d'argent et de la nourriture qu'on ramenait à la maison.

La découverte d'un trésor

Pourtant, j'ai eu un jour l'occasion de découvrir que mon père avait de l'argent. Il avait une petite cantine dans laquelle il le mettait. Un jour, ma mère essayait d'allumer le feu avec des bouses de vaches qui n'étaient pas assez sèches. Elle n'y arrivait pas. Je lui ai dit : « Attends, je vais trouver une solution. » Je voulais acheter directement des galettes chez le boulanger, celles que l'on fait dans un four en terre. Mais je n'avais pas d'argent. J'ai cherché un bout de câble métallique et un marteau, j'ai essayé d'ouvrir le cadenas qui fermait la cantine de mon père. À force d'acharnement, j'ouvre la cantine. Je suis hébété par ce que j'y vois. Des quantités de billets ! Je pensais à mon père. Ce travailleur, qui sentait toujours la transpiration tant il n'arrêtait pas de travailler, tout cet argent accumulé ! Mon père, cet homme qui aimait l'argent mais ne nous aimait pas, nous ses enfants et moi en particulier, qu'il traitait plus durement que les autres. Le salaire moyen d'un Pakistanais devait être d'environ 200 roupies. Mon père, travailleur acharné en gagnait au moins le double. Mais il gardait le tout et ne dépensait rien.

Toutes ces pensées me font pleurer. Je n'ai pas touché les billets et j'ai refermé soigneusement la cantine.

Je m'apercevrai, au cours des années, qu'au fond j'étais comme lui, je voulais toujours gagner plus d'argent. Mais je ne lui ressemblais en rien mentalement.

Ce genre d'événement m'a motivé. Je me disais qu'il fallait que je fasse quelque chose par moi-même pour sortir de cette misère. Je voulais réussir moi-même ma vie avec mes propres forces, avec mon Dieu. Je voulais conduire ma vie tout seul et grandir plus vite.

Et si j'essayais d'être un héros

Nous vivons dans un monde très matérialiste, les gens sont égoïstes... mais on rencontre parfois des personnes extraordinaires, ceux qui passent leur vie à soigner les autres par exemple, qui sont serviables, qui pensent aux autres.

Au Pakistan, dans les jardins il y a des gens qui massent les gens. J'ai fait comme eux mais pour mes voisins, souvent des personnes âgées atteintes de tuberculose, de maladies de cœur... Si elles me donnaient une pièce, ça me faisait plaisir, je l'acceptais timidement. Sans argent, je ne pouvais pas survivre mais je ne le faisais pas vraiment pour l'argent.

Malgré mon jeune âge, malgré ma peur, je me suis toujours comporté en homme. Je n'aime pas l'injustice, la violence. J'étais gardien de l'ensemble des boutiques, bazars d'une rue comme la rue Arya Mohalla. Je n'avais pour moyen de défense qu'un gros bâton. Enveloppé dans une couverture, je surveillais la rue depuis le trottoir ou sur la terrasse d'une maison. On me donnait une roupie par boutique. Une nuit, vers 23 heures, j'avais 16-17 ans, j'étais en train de surveiller des vélos qui appartenaient à mon patron, un avocat, quand j'entends des cris en pendjabi (que je connaissais aussi bien que ma langue maternelle, l'ourdou). Elle venait de la grande route Murree Road qui va vers la vallée du Cachemire. Trois jeunes hommes de plus d'une vingtaine d'années étaient en train d'essayer d'enlever la burqa – burqa moderne qui ne voilait pas entièrement le visage– d'une jeune femme qui tenait dans les bras un bébé. Je cours vers eux immédiatement, m'interpose et demande aux hommes : « Pourquoi vous faites ça ? » Ils essaient de montrer les dents. « Lâchez-la, lâchez-la » je répétais, à la fois nerveux et tentant de ravaler ma peur. Manifestement effrayés par ce que je leur ai dit, notamment qui était mon père dont il connaissait la réputation – un homme dur – ils se sont éloignés...

Je me défais de ma couverture et dis à ma protégée : « Asseyez-vous, couvrez votre bébé. » Moi, je n'avais plus froid, la colère et les émotions m'avaient réchauffé. « Je suis comme votre fils, ne vous inquiétez pas. » J'ai fait venir mon père qui a été trouvé l'avocat. On a installé pour la nuit la jeune femme et son bébé dans un hôtel de l'avenue Muree road. La femme venait d'assister à un mariage. Elle s'était fâchée avec certains membres de sa famille et attendait le bus pour rejoindre Lahore, lorsque les trois jeunes voyous étaient apparus.

*

Très jeune, je trouvais déjà moi-même du travail. J'ai ainsi travaillé dans une imprimerie du centre-ville (Armi Press) au Saddar Bazar Kontj sur Bank Road. Le patron possédait tout le building, une pharmacie, une assurance Les grosses machines se trouvaient dans la cave. On y imprimait, entre autres, des cartes de visite, du papier à lettres, des « Welling Card ». On recevait les cartes vierges de Karachi et on imprimait dessus à l'ancrage à chaud, en lettres d'or, des messages comme : « A telle heure, tel jour, on sera ravi de vous recevoir » Moi j'allais chercher les cartons à la gare, dans une charrette tirée par un cheval, je les rangeais, je nettoyais

Un jour, un client officier est venu à l'imprimerie chercher les cartes qu'il avait commandées. Il en manquait une vingtaine. S'en apercevant, il s'est alors mis à insulter mon patron. Je l'entendais et cette façon de s'adresser à mon patron me heurta. Je m'approchais de lui et lançais : « Dégagez avec votre femme enceinte, vous êtes malpoli.

Dégagez ou je vais vous frapper. » L'officier resta figé devant le petit gamin aux pantalons troués qui osait le défier. Personne n'a bougé. L'officier s'est calmé. Et il a fini par demander à mon patron : « Qui c'est ce gamin ? » Le patron ne s'est pas démonté : « C'est lui le patron. » Moi j'étais tout heureux, je ne m'étais pas démonté, j'avais sauvé l'honneur de mon patron. Intérieurement, je me disais : « Je me marierai avec sa fille, j'aurai un immeuble »

J'appris que la femme enceinte n'était pas la femme de l'officier mais sa sœur.

En tout cas, à partir de ce moment, on a commencé à mieux me respecter. Je travaillais dans la villa de mon patron, pas très loin de là, dans un quartier chic. J'entretenais les plantes, les fleurs, je faisais les courses – on m'envoyait acheter des pâtisseries dans une boulangerie de luxe par exemple. Ça m'émerveillait.

Lorsqu'il restait des Nans – les grosses galettes cuites dans un four en terre –, on me les réchauffait avec du beurre et on me les donnait. Je les savourais en buvant du thé.

Pour survivre, j'avais vaincu la peur de la rue.

...ou alors un hérault, ça paye mieux

J'ai aussi vendu des journaux, imprimés le soir. La majorité des Pakistanais étaient illettrés, 20 % seulement lisaient. Il y avait quatre à cinq journaux locaux et deux, trois journaux en anglais comme le « Pakistan Times ». J'allais les prendre directement au sortir de la presse et les revendais aussitôt, tout près d'un arrêt de bus.

Moi j'ai appris à lire avec les livres trouvés dans des poubelles, des tas d'ordures. À la lueur d'une lampe à pétrole, dans le petit coin qui m'était réservé où j'avais une paillasse et une petite armoire, j'essayais de les déchiffrer le soir. J'aimais surtout ceux qui parlaient d'histoire, de géographie, de connaissances sociales.

Je n'avais pas appris grand-chose à l'école coranique où j'allais quand je pouvais. Travaillant de nuit, j'arrivais à l'école encore ensommeillé. Je dormais en classe.

Lorsqu'un jour mon père m'a surpris en train de lire, il a lâché : « Espèce de con, tu veux être british ! »

J'étais un peu maniaque et dans ma petite armoire, je rangeais ma fourchette, mon couteau (je ne voulais pas manger avec les mains, je faisais comme les riches), une tasse, un verre, un presse-citron.

J'avais décoré mon coin avec un tapis, trouvé dans les ordures, représentant le drapeau américain et le visage de Kennedy. Ce président me plaisait, il avait un visage avenant, gentil. Bien plus tard, en reconnaissance envers Mitterrand, un autre président, qui avait permis que j'obtienne ma régularisation, j'ai affiché son portrait dans mon appartement.

Avec l'argent que je mettais de côté – je donnais presque tout à ma mère mais en gardais une petite partie – je m'achetais parfois quelque chose à manger ou un vêtement. Je choisissais chez les fripiers – dans nos pays, les gens revendent les habits donnés par les Occidentaux à la Croix rouge ou à d'autres organisations caritatives – un jean qui venait d'Amérique. J'étais content. Je me disais : « C'est peut-être Peter O'Toole ou Omar Sharif (deux comédiens qui avaient joué dans Lawrence d'Arabie) qui l'a déjà porté » J'étais fier. J'allais d'ailleurs quelques fois au cinéma voir des films en ourdou ou en anglais. Il y en avait un sur Muree Road et trois ou quatre dans mon quartier.

Le billet n'était pas cher. Mais je me disais que les Pakistanais y allaient bien trop souvent, ils perdaient leur temps à regarder toujours les mêmes histoires d'amour à rebondissements, où des problèmes de dot empêchent un mariage

Sm.f!

Fuir la réalité

Un jour, de rage – de me voir si différent de lui ? – mon père a mis toutes mes affaires dehors. Malgré cette brutalité qu'il avait envers moi, j'aimais mon père. C'était mon père. Je voulais être avec lui. Il m'a à la fois rendu fort et malheureux.

J'ai souvent fugué. Un jour je suis allé me réfugier chez mon oncle, l'ancien officier de l'armée britannique. Risaldar Mohammad Siddique, père de huit enfants – quatre filles et quatre garçons – était un personnage sévère et autoritaire. Sa femme était toute petite. Elle avait promis à ma mère de donner en mariage sa fille Wakila pour moi. Un arrangement qui avait dû se faire lorsque j'avais 8/10 ans. Quand je l'ai appris, j'ai dit à ma mère : « Moi, je n'ai pas besoin de me marier. » Ma mère, en colère, pleurait. : « Toi, tu vas rester comme un vagabond, comme un âne »

Je n'ai pas été maltraité chez mon oncle et ma tante mais je n'étais pas considéré comme un de leurs enfants. On ne se sent jamais mieux que chez soi. Le bonheur, c'est dans l'Amour et je ne le trouvais nulle part. Et j'étais loin de me douter qu'une des filles de ce militaire, deviendrait un jour ma femme, la jeune sœur de Wakila, Aziza.

Ce garçon bizarre et vagabond qu'elle rencontrait étant petite, était un jour revenu habillé comme un gentleman. Il parlait un très bon anglais, ce qui lui donnait beaucoup d'allure. Ayant quitté le pays, tout portait à croire qu'il était destiné à faire de grandes choses.

BANK

La préparation d'une grande aventure

À 16 ans, ayant obtenu mon passeport, je n'avais plus qu'une idée en tête : partir, partir, partir...

Je m'entendais bien avec Arif, un des fils de mon patron de l'imprimerie, revenu d'Angleterre où il avait fait ses études. Il revenait voir ses parents une fois par an. J'étais curieux de savoir comment on vivait dans ce pays lointain, et lors de son séjour au Pakistan, je n'arrêtais pas de lui poser des questions : « Comment on travaille en Angleterre ? » « Est-ce qu'on peut boire l'eau aux toilettes ? » « Qu'est-ce qu'on y mange » « On peut y travailler ? »

J'avais devant moi l'image d'un homme, mon patron, qui misait sur les études de ses enfants. Arif est devenu juge, il est aujourd'hui retraité à Londres. Aveugle, après un accident pendant une partie de chasse avec son père au pays – au Pakistan, les aveugles, on les met dans une Madrasa – il a continué ses études en Angleterre et s'est marié avec une anglaise. Sans doute cela a-t-il renforcé ma conviction que tout passe par l'éducation. En tout cas Arif est resté mon ami.

Deux ans après avoir obtenu mon passeport, l'idée de partir ne m'était pas sortie de l'esprit : « Je dois quitter ce pays et travailler. Gagner de l'argent pour élever ma famille, pour que mes sœurs et frères puissent aller à l'école. » Mon idée première était de venir en Grèce. J'avais 1 500 roupies en poche (l'équivalent de 100 dollars) que j'avais économisée en cinq ans. Avant de partir, j'ai acheté des habits dans des friperies : deux chemises, deux pantalons, une paire de chaussures et une boîte de pickles (des fruits macérés comme de la mangue, du citron, de la carotte).

Et donc je suis allé à la State Bank of Pakistan pour changer mes dollars en traveller's chèques, habillé avec les vêtements déjà portés par quelqu'un d'autre. Au comptoir, l'employée convertit mon argent en me donnant l'équivalent en traveller's chèques comme je le lui demandais. Je sors de la banque, me cache dans une encoignure de porte et recompte les billets. Il n'y en a pas pour 100 mais pour 200 dollars ! Ouah !... je suis heureux, la chance est avec moi ! Je me dirige vers le bidonville, tout en m'adressant à Dieu : « Tu es en train de me tester ou de me donner une chance ? Si je garde cet argent, je pourrai prendre l'avion mais j'aurais peut-être des problèmes… » N'y tenant plus, ayant besoin de l'avis d'une personne honnête – et qui de plus honnête que mes parents ? – j'en parle à ma mère. Elle ne réfléchit pas une seconde et me dit : « Le bon Dieu est en train de te tester. Il faut que tu rendes cet argent ».

Je retourne donc à la banque, m'adresse à l'employée que j'avais vue la première fois : « Excusez-moi, Mademoiselle, vous avez fait une erreur. » Au lieu de reconnaître que je disais vrai, trouvant sans doute insupportable qu'un va-nu-pieds remette en question son travail, la demoiselle me prend de haut. Elle me toise et rétorque : « Vous ne savez pas lire ? Vous avez signé. C'est vous qui vous trompez. Laissez-moi, j'ai du travail. » Ainsi, on me renvoyait en pleine face mon manque d'éducation, a priori je ne savais pas lire et écrire, je faisais partie des petites gens à qui on faisait la leçon.

Devant mon insistance, la banquière a fini par recompter les traveller's…

À la recherche du bonheur

Dès que je suis arrivé en Grèce, c'était le paradis. Ici il y avait du poulet, des spaghettis… je pouvais manger tranquille… la viande qui tourne sur des broches…

J'y ai travaillé un mois dans un restaurant spécialisé en fruits de mer près du Pirée. La vie de marin était trop difficile et mon appel de la terre ferme m'avait convaincu de rester quelque temps pour travailler dans ce restaurant. Mais je ne pouvais pas envoyer de l'argent à ma mère.

La seule solution que je trouvais alors était de m'embarquer sur un autre bateau comme steward. Le capitaine vous faisait un contrat en règle mais gardait votre passeport

À la Nouvelle Orléans, j'écrivais des courriers de cinq à dix pages à ma mère pendant que les autres sortaient au port. Un jour, le capitaine est rentré dans ma cabine, intrigué il me lance :

« Qu'est-ce que tu fais, les autres sont dehors ? « J'écris des lettres, j'écoute des cassettes. » Dans ces lettres à ma mère, je lui recommandais surtout de protéger ses enfants. Le capitaine me demande alors : « Quel est votre rêve ? » « Good school for my sister, my brother ». Il acquiesce, peut-être avait-il reconnu ma noble cause.

15F

L'arrivée à Paris

À Paris, j'ai cherché du travail, mangé à l'Armée du Salut, porte d'Ivry où se retrouvent les clochards. Ce qu'on y sert n'est pas très bon, le café a un goût d'eau... Je suis resté quelques jours là-bas mais je n'ai jamais fait la manche, la mendicité ce n'est certainement pas mon truc. On m'a confié la distribution de quelques journaux publicitaires. Et voilà, c'est ainsi que tout a commencé.

Parfois, dans la journée, je me réfugie dans une église du XVIe ... j'y engloutis une demi-baguette avec un morceau de fromage ou une boîte de corned-beef. En France, les personnes dans la rue, les plus pauvres n'avaient pas autant d'aides qu'aujourd'hui.

L'hiver 1973 fut très rude à Paris, il y avait de la neige partout. Un Mauricien, un Hindou et deux Bengalis m'emmènent au temple hindou des Champs Élysées. Étrange pour moi, des blancs convertis y chantaient « Hare Krishna… » et on pouvait y manger des Chapati comme dans mon pays.

Un jour, je suis rentré dans une boutique, un show room de billards dont les ateliers de fabrication étaient en sous-sol. Je me suis adressé à un homme qui m'a semblé être le patron : « Do you understand some English ? » « No ». L'homme met son index sur sa montre, indique une certaine heure et répète en laissant son index sur un chiffre « Come-back ». Quand je reviens à l'heure indiquée, l'homme me montre son fils qui revient de la faculté. Lui parle anglais. Je lui explique que je recherche du travail. Il parle à son père et reprend la parole : « My father is happy to give you a job ». Avez-vous des papiers ? Mon passeport était périmé. On verra plus tard, pour l'instant il est plus de midi, c'est l'heure de manger. Le jeune homme m'emmène avec sa mère au restaurant. Le paradis pour moi.

Nous discutons. La famille est prête à me donner une chambre, un travail… Je jubile intérieurement : « J'ai trouvé. J'ai trouvé. Incroyable. Incroyable » Ce que j'étais content… Après le repas, le fils me fait visiter Paris en voiture, la Tour Eiffel,... et me dépose à l'Armée du Salut.

Deux jours plus tard nous sommes allés à la préfecture… Mes nouveaux patrons m'ont payé un nouveau passeport. Mais pour la régularisation… impossible, nous étions dans une période – Giscard d'Estaing était président - où l'on stoppait l'immigration. Je retourne au bureau avec mon nouvel ami. Père et fils semblent malheureux pour moi mais ils ne peuvent rien faire. Alors le père me tend deux billets de 100 francs (20 jours de salaire), un geste magnifique que je n'ai pas oublié. Mais je ne me sens pas en droit de prendre cet argent, je laisse les deux billets sur une table et pars précipitamment. Je me suis caché dans une ruelle pour pleurer. J'avais trouvé en ces gens comme une famille, ma famille et en quelques secondes tous mes rêves s'écroulaient. Je suis reparti dans le métro. Le fils m'y a poursuivi, m'a touché l'épaule et a glissé les deux billets dans le col roulé de mon pull.

Ma vie aujourd'hui

Après ma tournée le soir, il m'arrive aujourd'hui de terminer plus tôt pour aller voir une fille incroyable. Je prends le RER qui m'amène à la Défense et pendant le trajet, je dois dire que je suis impatient de la revoir. Elle parle une langue étrangère, il m'est donc difficile de communiquer avec elle, mais avec le temps, j'ai l'impression que nous arriverons à nous comprendre.

Les premières fois où je lui rendais visite, elle s'enfuyait en pleurant, je lui faisais peur. Maintenant elle me sourit quand sa mère m'ouvre la porte. Elle n'a pas encore deux ans, mais est déjà très dynamique. Je crois que Dania tient de moi. Ça y est, je suis grand-père ! Shahzad, s'occupe bien d'elle, c'est un bon père de famille maintenant.

Quand je leur rends visite, je leur parle toujours de mes rencontres, de mes aventures à Paris.

Shahzad veut toujours que je continue à écrire, même après l'arrêt de l'activité éditoriale de mon ami Jean-Claude. J'espère qu'il va bien.

C'est pourquoi, j'ai essayé de noircir ces quelques pages, pour faire un petit livre pour les enfants, qui peut se lire comme une nouvelle pour les plus grands. Dans quelques années, Dania aussi pourra lire mon petit conte.

*

Je me suis battu pour que mes enfants soient bien éduqués, je leur ai fait donner des cours particuliers par des étudiants de Sciences Po, des professeurs du secours catholique Deux de mes fils m'ont écouté et ils s'en sortent bien, Shahzad, ingénieur informaticien et Shahab qui se lance dans le marketing. Shamshad, qui n'avait pas les capacités pour étudier, m'aide au moins le dimanche pour vendre le journal. Il est gentil et serviable, ça me suffit.

Par contre je n'apprécie pas trop les fainéants qui attendent que tout leur vienne sur un plateau d'argent. Au lieu de s'interroger sur la raison de leurs malheurs, ces jeunes pourraient utiliser leur énergie pour se battre dans la vie, pour eux-mêmes, ils s'en porteraient mieux. C'est le message que j'aimerai leur transmettre, ne pas se décourager.

Même sans études on peut s'en sortir, il faut juste trouver sa voie et s'accrocher. En vendant des journaux dans la rue, j'ai réussi à élever, du mieux que j'ai pu, deux familles en même temps.

En tout cas je n'ai pas eu le temps de me poser de questions à l'époque. J'ai bien essayé à un moment de « philosopher » mais l'acte d'un ami est resté gravé dans ma mémoire toute ma vie, c'est lui qui m'a fait avancer :

– Eh ! Tu prends du bon temps, tu pars où tu veux, tu t'amuses ! Mais, moi, je vais me faire battre. Allez, sois sympa, obéis-moi, buffle, sois sage. Je suis déjà si malheureux.

Merci à HPets pour ses beaux dessins, c'est un apprenti dessinateur talentueux dont le rêve est de pouvoir créer sa propre bande dessinée.

Allez voir son blog : http://hpets.over-blog.com/

N'hésitez pas à venir dire des mots gentils sur le mien à l'adresse suivante :

http://lemondedaliakbar.blogspot.fr

Merci à François Barral pour son beau logo
« Ali vous aime ».

Achevé d'imprimer en juillet 2016
par l'Imprimerie Maury S.A.S. à Millau (12)
N° d'imprimeur : G16/54623L
Dépôt légal : juin 2016

Imprimé en France